ETRENNES
D'UNE MUSE
BRETONNE.

ETRENNES
ET
AUTRES POESIES,
D'UNE MUSE
BRETONNE.

SECONDE ANNÉE.

DEDIÉES A MONSEIGNEUR LE DUC DE GESVRES, Pair de France.

Le prix est de vingt-quatre sols.

A PARIS,

Chez
- La V. DELORMEL, ruë du Foin, à Sainte-Géneviéve.
- CLEMENT, au coin du Quay de Gesvres, du côté du Pont Notre-Dame.
- DAVID, jeune, ruë du Hurpoix, à l'entrée du Quay des Augustins, au S. Esprit.

M. D. C. C. XLIII.

AVEC APPROBATION.

A

MONSEIGNEUR LE DUC DE GESVRES,

PAIR DE FRANCE.

*E*MPRESSÉE *à te rendre hommage,*
Ma Muse t'offre cet Ouvrage:
Sur l'aîle du respect, SEIGNEUR,
Il t'est présenté par mon cœur.

Bien moins brillant qu'il n'eſt ſincere,
Mon encens ne veut que te plaire ;
S'il peut me procurer cette felicité,
Voilà mon Immortalité.

Par ſon très-humble
& très-obeiſſant
ſerviteur
L'AFFICHARD.

ETRENNES D'UNE MUSE BRETONNE.

AUX MUSES.

NYMPHES du Mont Sacré, Muses, ſçavantes Sœurs,
Que vous me procurez de ſublimes douceurs !
Je vous dois l'heureux ſort de connoître la gloire,
Et l'ardeur qui me place au Temple de Mémoire.
D'abord que la raiſon ſçût guider mes regards,
Vous fîtes naître en moi l'amour des plus beaux Arts.
En admirant des Vers l'élegante harmonie,
Je conçûs pour rimer une ardeur infinie ;
Et ſuivant les tranſports qui m'élevoient aux Cieux,
Dès-lors je bégayai le langage des Dieux.
Si vous n'aviez jamais, d'un rayon d'indulgence,
Eclairé les momens de mon adoleſcence,

Si vos bontés pour moi, ſi mon amour pour vous,
N'avoient pas de concert, rendu mon ſort plus doux,
Je ſerois inconnu des doctes perſonnages
Qui daignent honorer mes vers de leurs ſuffrages.
Venez ceindre mon front de vos lauriers charmans,
Je mets à vous ſervir tous mes contentemens.
Muſes, je ne veux point emboucher la trompette,
Je borne mes déſirs à la douce muſette.
Non, ne me faites point, rimeur audacieux,
Porter aux pieds des Grands un culte ambitieux,
Ou les ſolliciter par des Strophes pompeuſes
A payer en bon or des loüanges trompeuſes :
Je ne ſuis point tenté des tréſors de Plutus :
Tout ce que je ſouhaite eſt d'avoir des vertus.

MADRIGAL.

Vous me quittez, charmante Iſméne ?
Vous m'ôtez ma félicité :
Vous briſez la plus belle chaîne,
Votre cœur vole à l'infidélité.
De votre ſouvenir, pour pouvoir me défendre,
Dans ce moment où vous m'abandonnez,
Que ne m'eſt-il poſſible de vous rendre
Tous les plaiſirs que vous m'avez donnez ?

VERS

Sur le Portrait de M. DE LA TOUR, *exposé au Sallon du Louvre, au mois d'Août* 1742.

AU Sallon, cher *la Tour*, parmi tous les Portraits,
Du tien l'on fait un éloge suprême :
Peut-on n'en pas admirer tous les traits,
D'abord qu'il est peint par toi-même ?

LE JOUR.

CANTATILLE.

DU jour la lumiere brillante,
Embellit ce charmant séjour ;
Sa beauté, toujours renaissante,
Dans ces lieux fait regner l'amour.

Sur les bords des ruisseaux tranquiles
Eclatent les plus belles fleurs ;
L'art, inconnu dans ces aziles,
N'a point de part à leurs couleurs.

Les Amans, dans ces boccages,
A l'envi chantent leurs feux ;
Aux charmes de leurs hommages
Les belles comblent leurs vœux :

Le jour diſpoſe leurs ames
Au bonheur de bien aimer ;
La nuit allume les flâmes
Qui doivent les conſumer.

Jour aimable, des Dieux l'ouvrage,
Deviens l'objet de nos concerts :
Des Oiſeaux l'amoureux ramage
Sçait t'annoncer à l'Univers.

Soleil, commence ta carriere,
Sur ton char triomphe à jamais ;
C'eſt à ta charmante lumiere
Que le monde doit ſes attraits.

Vers accompagnant une Corbeille de fleurs & de bijoux, préſentée à une Demoiſelle par ſon Amant.

BOUQUET.

SOumis aux loix du tendre amour,
J'oſe trop aimable brunette,
De la flâme la plus parfaite
Vous faire l'aveu dans ce jour.
Daignez recevoir mon hommage,
Il eſt offert par la fidélité :
Le feu le plus conſtant m'engage
D'aſpirer au doux avantage

De me voir bientôt enchanté,
Du prix que vous devez à ma ſincerité.
Pour Bouquet mon cœur vous préſente
Cette Corbeille, où vous voyez des fleurs
Qui brillent de mille couleurs,
Tréſors que la nature enfante,
Et des bijoux que l'art produit.
Mais du préſent j'eſpere peu de fruit;
Car l'art & la nature enſemble,
N'ont juſqu'ici rien fait qui vous reſſemble.
Vos vertus & votre beauté,
Vos talens & votre mérite
A tous les yeux ont un éclat d'élite,
Qui de tous les mortels doit être reſpecté.
Si j'ai donc la témérité
De reſſentir pour vous une divine flâme,
J'attens tout de votre belle ame,
Et rien du Bouquet préſenté.

RONDEAU.

JE ſuis mari de celle dont mon cœur
Avoit fait choix pour faire mon bonheur:
Dans le lieu Saint, où l'Eternel réſide,
Sa belle bouche en ma faveur décide;
A ſon ſerment j'applaudis plein d'ardeur.
Dans le moment déciſif & flâteur,
Sur ſon viſage éclate la pudeur.

Cedez, lui dis-je, au beau feu qui me guide.
Je fuis mari.
Plus je la preffe, & plus cette rougeur,
Qui du beau fexe eft l'attrait enchanteur,
Brille à mes yeux ; la tendreffe rapide
Sur elle enfin comme fur moi préfide.
D'avoir fi tard goûté cette douceur,
Je fuis marri.

LE SANSONNET FUGITIF, à la jeune Cloris.

EPITRE ALLEGORIQUE.

EN vain vous êtes defolée,
Belle Cloris, ne pleurez plus,
Ceffez de paroître accablée,
Tous vos regrets font fuperflus.
Vos fers n'avoient rien que d'aimable
Pour un fimple & chetif oifeau ;
Ma prifon m'étoit agréable,
Et vous m'euffiez mis au tombeau.
Mais le hazard ouvre ma cage.
De plaifir le cœur agité,
Je profite de l'avantage
Qui par ce Dieu m'eft préfenté.
Je vole, avec rapidité,
Dans un bois defert & fauvage ;

J'y goûte la félicité
Qui des oiseaux est le partage.
Là, j'éprouve, loin du tapage,
Et du fracas de la Cité,
Que la douce tranquillité
Est le plus charmant apanage
Dont le destin nous ait doté :
J'éprouve enfin, dans un boccage,
Du silence seul fréquenté,
Qu'une indigente liberté
Vaut mieux qu'un brillant esclavage.
Mille oiseaux m'ont fait compliment
Sur mon retour dans ma patrie,
Et régalé splendidement
De moucherons, notre ambroisie.
Un repas frugal est charmant,
Quand la contrainte en est bannie.
Un plaisir encor bien flâteur,
Dont j'ai savouré la douceur,
C'est celui que je vais vous dire.
Lorsque j'y pense, je m'admire,
Ah ! je suis né pour le bonheur.
Hier, que le flambeau du monde
S'alloit précipiter dans l'onde,
Et que *Vesper* dans le lointain
Du jour annonçoit le déclin,
Deux Sansonnets avec tendresse,
Tous deux presque blancs de vieillesse,

M'approchent en verſant des pleurs.
A leur aſpect mon ame émûë
Sent une douceur inconnuë.
Nous n'éprouvons point de douleurs,
Me dit l'un d'eux, nos tendres larmes
Pour nous, mon fils, ont mille charmes ;
Ravis de vous voir à loiſir,
Nous ne pleurons que de plaiſir.
En moi vous voyez votre pere,
Et ma compagne eſt votre mere,
Mon fils, nous vous avions perdu,
A nos vœux vous êtes rendu.
Auſſi-tôt, tranſporté de joye,
Au plaiſir mon ame eſt en proye.
J'ai goûté, dans ces doux momens,
Des biens inconnus & charmans :
Tous trois nous ouvrîmes nos aîles,
Et tous trois les entrelaſſant,
Nous nous donnâmes à l'inſtant
Mille embraſſades mutuelles.
La nuit prit la place du jour,
Avant que nos ardeurs fidelles
Euſſent épuiſé notre amour.
Apprenez-nous, me dit ma mere,
Quels lieux vous avez habité,
Depuis que le Ciel en colere
A permis, pour notre miſere,
Qu'un fils ſi cher nous fût ôté ?

Parmi

Parmi les hommes, répondis-je.
Les hommes! reprit-elle alors,
Ce nom m'agite tout le corps,
Ce nom me ſurprend & m'afflige.
Expliquez-vous ſur ce nom-là.
Jamais, à ma timide vûë,
Nulle bête n'eſt apparuë
Qui ſe nommât comme cela.
L'homme, lui dis-je, eſt grand, aimable,
De l'Univers le Souverain,
Aux animaux il donne un frein,
Et par fois même à ſon ſemblable
Il ſçait inſpirer du reſpect.
Tout oiſeau tremble à ſon aſpect.
Son eſprit eſt infatigable,
Rien ne s'oppoſe à ſon ardeur:
Il parle de l'Etre ſuprême,
Il en dévoile la grandeur,
Et ne ſe connoît pas ſoi-même.
Voilà l'homme, il ne fait point peur.
Mais il eſt un Sexe enchanteur,
Different de celui de l'homme,
Que par tout le monde on renomme
Pour ſes attraits & ſa douceur;
C'eſt la femme, tendre compagne
De l'homme, & qui fait ſon bonheur.
La beauté toujours l'accompagne,
Et l'on voit briller dans ſes yeux

L'amour, vainqueur des autres Dieux.
J'étois esclave sous l'empire
D'un objet de ce Sexe heureux,
Pour qui l'homme charmé soupire,
Et forme à tout moment des vœux.
Elle ne faisoit que de naître,
Cette incomparable beauté;
Mais elle faisoit bien connoître,
Par son air modeste, enchanté,
Que l'esprit, la délicatesse,
L'honneur, la générosité,
La noble aisance, la sagesse,
Les graces, la vivacité,
Et cette aimable liberté
Qui du monde font l'avantage,
Chez elle avoient devancé l'âge.
Après ce fidele récit,
Un sommeil paisible & tranquile
Vient nous charmer dans notre azile.
Un vieux tronc d'arbre fut le lit
Où chacun de nous s'endormit.
Aucun songe désagréable
Ne vint troubler notre repos.
L'inquiétude, inséparable
Et des Bergers & des Héros,
Dans notre cœur n'a point d'entrée.
Sans réfléchir au lendemain,
Tels que l'homme au Siécle d'Astrée,

Nous vivons ſans aucun chagrin.
Adieu, trop charmante perſonne,
Croiſſez en graces, en vertus,
Un Sanſonnet vous abandonne ;
Oubliez-le, n'y ſongez plus.
Mais, daignez d'un oiſeau volage,
Qui ſçait ſaiſir l'occaſion,
Ecouter l'utile leçon.
Bien-tôt, plus avancée en âge,
Vous verrez à votre beauté
Plus d'un tendre cœur rendre hommage.
Conſervez votre liberté.
Fermez votre oreille au langage
D'un Amant dont le badinage
Par l'artifice eſt aprêté.
En ſoûpirant, il n'enviſage
Souvent que le foible bonheur
De triompher d'un jeune cœur.
Il ſemble bénir l'eſclavage
Dont il ne ceſſe de parler :
Il parvient au doux avantage
De voir enfin que l'on partage
Le feu dont il feint de brûler ;
Mais ſi-tôt qu'il eſt dans la cage,
Il ne cherche qu'à s'envoler.

L'Amour & la Raison.

FABLE.

DU tems que la raison étoit dans son enfance,
De nouveaux jeux éclatoient chaque jour:
Elle goûtoit avec l'amour
Mille plaisirs au sein de l'innocence.
Un des beaux jours d'Eté, dans un bois à l'écart,
Ecoutant des Oiseaux le gracieux ramage,
Ils savoûroient tous deux le charme de l'ombrage.
Quand du jeu de Colin-Maillard
L'amour trouva l'invention premiere.
Tirons au sort, dit le Dieu de Cythere,
Pour voir à qui de nous il échéra
D'avoir les yeux bandés: sur le champ on tira;
La courte-paille en fit l'affaire.
L'amour perdit, il se mit en colere;
Mais la raison, ses deux beaux yeux banda,
Puis la cruelle s'évada.
L'amour tâta, chercha, courut de plaine en plaine,
Afin d'obliger la raison
De tirer ses yeux de prison;
Mais, helas! sa peine fut vaine.
Le Dieu des cœurs depuis n'a point vû la clarté,
Et la raison l'a toujours évité.

CHANSON.

JE ne goûterai plus ce plaisir si charmant,
Dont ma belle combloit mon ame:
L'ingrate, au mépris de ma flâme,
Me préfere un nouvel Amant.
Ah! trop adorable Silvie,
Quel est mon malheur en ce jour?
Puisque vous m'ôtez votre amour,
Pourquoi me laissez-vous la vie?

*A Mademoiselle M**** en lui envoyant le Poëme suivant.*

SAns vous j'eusse laissé dans un profond oubli
Mon triste ouvrage enseveli;
C'étoit mon interêt que, loin de la lumiere,
Il fût caché dans la poussiere.
Devois-je, belle Iris, esperer quelque honneur
En produisant mes vers aux yeux de mon vainqueur?
Non. Mais vous le voulez, en faut-il davantage?
Je vous les livre avec mon cœur.
Je n'oserois en leur faveur
Vous demander votre suffrage;
Lisez-les seulement; & voilà leur bonheur.

Les Progrès de l'Aſtronomie, ſous le Regne, & par la protection de Loüis le Grand.

POEME.

AU ROY.

ANimé du beau feu qui dans mon ſein s'allume,
Pour parler de mon Roi, je prends en main la plume.
Je ne ſçais point loüer, mais je ſens dans mon cœur
Pour chanter ſes vertus une ſublime ardeur.
Oüi, j'oſe me flâter que d'un Sujet fidele
Un Roi, digne de l'être, approuvera mon zele.
Loüis, noble ſoûtien de l'empire des Lys,
Ton Regne glorieux charme tous les eſprits.
Tes peuples, tranſportés d'une joye infinie,
Font des vœux éternels pour conſerver ta vie.
Qui peut mieux publier d'un Prince adoleſcent
La vertu, la candeur, l'air doux & careſſant,
Que de voir ſes Sujets embraſés de tendreſſe
Mêler toujours ſon Nom dans leurs chants d'allegreſſe ?
Une durable paix, par ſes ſoins précieux,
Met à l'abri nos jours & nos biens en tous lieux,
Fait fleurir tous les Arts & toutes les Sciences,
D'un Regne fortuné brillantes influences :
Et les troubles confus de la Religion

S'appaisent pour jamais par son attention.
Que tu suis bien les pas du plus grand de nos Princes,
Qui dans tes jeunes mains déposa ses Provinces.
Que sa gloire eût d'éclat ! que son régne fût beau !
Muses, chantez encore aux pieds de son tombeau.
Grand Roi, dont le nom seul faisoit trembler la terre,
Loüis, que le Ciel même arma de son tonnerre,
Permets que je retrace aux yeux de l'Univers
De tes généreux soins les monumens divers.
Durant le cours heureux de ta brillante vie
Tu fus également pere de la Patrie,
Et zelé Protecteur des Lettres & des Arts,
D'un Monarque parfait illustres étendarts.

Non loin des riches bords, où la paisible Seine,
Apperçoit les Palais de la nouvelle Athéne,
S'éleve un Edifice où s'observent toujours
Des Astres lumineux l'inconstance & le cours.
C'est-là que de Sçavans une Troupe choisie,
Par ta protection fit dans l'Astronomie
Des progrès si fameux que, dans l'antiquité,
Ce qui fut découvert a perdu sa clarté.
On en voit qui du globe, où, par la Renommée,
Ton éclatante gloire en tous lieux est semée,
Après mille travaux dignes d'un Nom sacré,
Faire de sa mesure un calcul assuré.
Par cet heureux succès la terre mieux connuë
N'offre plus à nos sens une immense étenduë
Il n'est Ville, ni Bourg, Mer, Riviere, ni Port,

Que le papier à l'œil ne préſente d'abord ;
Et nos Vaiſſeaux , fendant les orgueilleuſes Ondes,
Semblent vouloir aller chercher de nouveaux Mondes,
D'où revenant chargés des plus rares tréſors
Nous font voir qu'il n'eſt plus d'inacceſſibles bords.
On en voit qui des airs rapprochant les limites
De Saturne ont trouvé l'anneau , les Satelites.
La Cométe autrefois qui jettoit dans les cœurs ,
Par ſon terrible aſpect tant de vaines frayeurs ,
Qu'on croyoit préſager toujours quelques deſaſtres ,
Fut enfin reconnuë , & miſe au rang des Aſtres ,
Qui , parcourant les airs au hazard & ſans loix ,
A nos timides yeux ſe montrent quelquefois.
Pour perfectionner cette utile Science,
Et donner plus d'éclat à ta magnificence ,
Par tes ordres , grand Roi , pour obſerver les Cieux,
On vit chez l'Etranger des Sçavans en tous lieux.
Chaſte Fille du Ciel , divine Aſtronomie ,
Que d'Auguſtes Héros t'ont tendrement cherie !
Mais , malgré leur amour & leur ſçavante ardeur ,
C'eſt à Loüis le Grand que tu dois ta ſplendeur.
Oüi , Prince généreux , on faiſoit des conquêtes
Sur ces globes brillans qui roulent ſur nos têtes ,
Tandis que ta valeur , dans les ſanglans combats,
Faiſoit tout ſuccomber ſous l'effort de ton bras.
Le Ciel nous l'a ravi cet Auguſte Monarque ,
Mais du moins ſes hauts faits ſont exemts de la Parque :
On parlera toujours des travaux inoüis
Qui

Qui furent achevez par les soins de Louis.
Un charme sans égal vient saisir nos entrailles
A l'aspect éclatant du Château de Versailles :
Jamais rien de si beau ne vint frapper les yeux.
Ce superbe Palais semble fait pour les Dieux.
Quel noble monument de tes vertus solides,
Que le pompeux azile offert aux Invalides !
Que son Temple nous montre une riche splendeur !
Qu'il parle éloqnemment de toute ta grandeur !
Ce ne fut pas assez que ton amour de pere,
Au Soldat mutilé fournit le nécessaire ;
La noble ambition, réglant tous tes bienfaits,
Voulut qu'il fût logé dans un vaste Palais.
On étoit effrayé d'une intestine guerre,
Qui du sang le plus cher, faisoit rougir la terre ;
Mais tu sçûs mettre fin à ce desordre affreux,
Proscrivant les duels par un Edit fameux.
Monarque sans pareil, tes grandes destinées
Au bien de tes Sujets ne furent pas bornées ;
Les Rois persecutez, chassez de leurs Etats,
Trouverent à ta Cour un destin plein d'appas.
Tu fus le ferme appui de la sainte Justice,
Et l'ennemi terrible & du crime & du vice.
Mais pour payer tes soins, sur l'Empire des Lys,
Le Ciel te fait regner dans un autre Louis.

PRIERE POUR LE ROY.

DIvin Auteur de la lumiere,
Qui chaque jour frappe nos yeux,
Sois, Roi des Rois, ſenſible à ma priere ;
Ecoute-la du haut des Cieux.
Conſerve des François le Pere & le Monarque,
Fais que des jours ſi beaux bravent long-tems la Parque !
Les ardens ſouhaits que je fais
Sont ceux que font tous ſes Sujets.

CHANSON.

NE permettez pas que j'expire,
Cloris, du tendre amour ſuivez les douces loix :
Dans vos beaux yeux faites-moi lire
Ce que les miens vous ont dit mille fois.

LA PERUCHE ET LES OISEAUX.

FABLE,

*Présentée à Mlle. R **, par Mlle. B ** le premier jour de l'An.*

UNe Peruche, jeune & belle,
Des autres oiseaux le modele,
Se faisoit par tout admirer.
Elle avoit un si beau plumage,
Elle avoit un si doux langage
Qu'elle se faisoit adorer.
Sans cesse on voyoit autour d'elle
La Colombe & la Tourterelle
Lui faire assidûment leur cour;
Toutes deux lui parloient d'amour.
Vous brillez dans cette retraite,
Disoit la Colombe discréte,
Vous enchantez tous les oiseaux:
Et la Tourterelle amoureuse,
Dont la langue n'est point flateuse,
Lui juroit que tous les échos
Répétoient les chants des moineaux,
Qui, brûlant d'une vive flâme,
La faisoient regner sur leur ame,
Par ces vers que l'on trouvoit beaux.

» Chantons une Peruche aimable,
» Qui même ſçait charmer les Dieux.
» On voit éclater dans ſes yeux
» Ce que l'amour a d'agréable.
» Son eſprit cultivé, brillant,
» Egale ſa beauté naiſſante;
» Et ſa vertu, déja frappante
» Ajoûte au mérite, au talent.
Dans les rians jardins de Flore,
Depuis le lever de l'Aurore
Juſqu'à ſon coucher ſous les eaux,
Où Titon amoureux l'adore,
On n'entend que les chants nouveaux
De mille Poëtes oiſeaux.
Juſques à la Linote même
La célébre, la chante, l'aime;
Et pour lui prouver ſon ardeur
Se plaint de n'avoir que ſon cœur.
Eh! dit-elle, que puis-je faire,
Pour une Peruche ſi chere?
Je voudrois lui faire un preſent
Qui fut auſſi beau que galant.
Mais les Dieux m'ont tout refuſé,
Excepté mon babil aiſé,
Et les vœux que mon cœur enfante,
Pour une beauté ſi charmante.

ENVOI.

SI les oiseaux vous dressent des Autels ;
Si sur leurs cœurs ils vous donnent la gloire,
Iris, de remporter une entiere victoire,
Que ne devez-vous pas attendre des mortels ?

RONDEAU.

COmme une fleur, qui toute fleur efface,
Votre beau tein, tout autre tein surpasse,
Les ris, les jeux, les graces, les amours,
Suivent vos pas, animent vos discours.
De tous les cœurs vos yeux fondent la glace.
Dès qu'on vous voit, quelque effort que l'on fasse,
On est épris, on vous suit à la trace,
On vous adore, & l'on séche en deux jours,
Comme une fleur.
Ce tendre éclat, cette divine grace,
Qui n'ont, Iris, rien qui ne satisfasse,
Contre le tems sont d'un foible secours.
La vertu seule est aimable toujours;
Cherissez-la ; car la beauté se passe
Comme une fleur.

A Monseigneur le Duc de Gesvres, *en lui envoyant la premiere année de la Muse Bretonne.*

ETRENNES.

L'An passé, ma Muse craintive
Surmonta sa timidité :
D'un beau délire transporté,
Je la rendis un peu plus vive.
Voulant avoir devant les yeux
Toujours ton portrait gracieux,
Seigneur, te donnant tes étrennes,
(C'etoit des Vers, fruits de mon cœur,)
J'osai te demander les miennes ;
Tu m'accordas cette faveur.
Maintenant ma chambre est parée
De ce don reçû de ta main,
En belle bordure dorée,
Il m'occupe soir & matin.
Mes yeux y contemplent sans cesse
L'éclat, les graces, les bontés,
L'air riant & plein de noblesse
Qu'on voit dans les Divinités.
Seigneur, daigne agréer l'Ouvrage
Que je te présente en ce jour :

Esperant te faire sa cour,
Mon cœur t'en fait un tendre hommage:
S'il peut t'amuser un moment,
Son mérite sera charmant.
Pénétré de reconnoissance,
Pour toi je forme mille voeux;
Sans appréhender l'indigence,
De tes bienfaits je suis heureux.
Joüis d'une santé parfaite,
Pendant cet an, à peine éclos;
Et, quand il aura fait retraite,
Je ferai des souhaits nouveaux.

A MONSIEUR DE VOLTAIRE,
à l'occasion des Critiques de sa Tragedie d'Oedipe.

SONNET.

OUi, Voltaire, malgré tout ce que l'on peut dire,
Ton Œdipe est charmant, & chacun le veut lire:
Il n'est jour que sur lui je ne lasse mes yeux,
Il est, pour mon esprit, un mets délicieux.

Que ne sçais-je louer! sur ma naissante lyre,
Je porterois ton nom jusqu'au celeste Empire:
Mon légitime encens, pénétrant dans les Cieux,
Iroit, par son parfum, faire plaisir aux Dieux.

Mais encore novice, aux rives du Permesse,
Je crains qu'en t'élevant, trop bas je ne t'abaisse;
Et vais laisser au tems le soin de m'éclairer.
Quand je serai connu des filles de mémoire,
D'un ton plus éclatant, je chanterai ta gloire,
Ou je sçaurai du moins beaucoup mieux t'admirer.

PIGMALION.

CANTATILLE.

D'Un marbre précieux, à l'aide du ciseau,
Pigmalion forma l'image
De ce que l'Univers admira de plus beau;
Il s'adore dans son ouvrage:
Et de l'amour éprouvant tous les feux,
A la fille de l'onde, il adresse ces vœux.

Anime ce marbre insensible,
Mes mains ont imité tes traits:
A ton pouvoir tout est possible,
Fais-le briller de tes attraits.

Mere du Dieu de la tendresse,
Fais un miracle en ma faveur;
Ma Statuë est une Déesse,
Si tu veux lui donner un cœur.

Venus,

Venus, ſenſible à ſon ardeur preſſante,
Daigne répondre à ſes déſirs :
Bientôt la Statuë eſt vivante,
Et lui promet mille plaiſirs.

D'un Dieu la puiſſance ſuprême
Dans mon cœur me donne la loi :
Je ſuis à lui plus qu'à moi-même,
Qu'à jamais il regne ſur moi !

Quel prodige ! quoi ! je reſpire ?
Et j'ai l'uſage de la voix !
Ah ! mon ame en ſecret ſoupire
Pour le cher objet que je vois.

VERS

Pour le Portrait de Mlle. THERESE.

A Ces attraits, dont on eſt enchanté,
La reſpectable antiquité,
Jadis auroit ſçû rendre hommage :
De Flore ou de Venus on eût crû voir l'image ;
Charmé de l'éclat de vos yeux,
Chacun en auroit fait ſes Dieux.

BOUQUET

A Monsieur Brallet.

PLutus d'un regard favorable
N'a jamais daigné m'honorer.
Au Dieu des Vers, j'ai sçu me consacrer,
Sans que je lui sois agréable.
Cependant je cueille des fleurs
Au pied des neuf sçavantes Sœurs.
Mais quelles fleurs ? de simples Violettes.
Les Roses sont pour les rimeurs
Qui, parez des grands noms d'Auteurs,
Des Dieux sont les vrais interprétes.
Accepte, ami très-cher, en guise de bien fa[illegible]
De Violettes un Bouquet,
Qu'un zéle pur aujourd'hui te présente.
Si ma fortune étoit brillante,
Me bornerois-je à de foibles présens ?
Sensible à la délicatesse,
Aux sentimens, à la tendresse,
Je t'offrirois, au lieu d'encens,
Des perles & des diamans.
Mais, faute des trésors qu'enfante la nature,
Reçois l'hommage de mon cœur.

Il éprouve pour toi l'amitié la plus pure,
Et ſon penchant fait mon bonheur.

CHANSON.

J'Ai long-tems gardé le ſilence,
Et je n'oſois, Cloris, vous parler de mes feux :
Ah! payez en ce jour ma flâme & ma conſtance,
Un ſoupir va combler mes vœux.

PORTRAIT.

QU'en vous on voit briller de charmes!
On ne balance point à vous rendre les armes.
Des yeux formez par la beauté,
Un tein, une vivacité,
Qui n'inſpirent jamais que les douces allarmes,
Heureux fruits de la volupté ;
Voilà, Cloris, votre portrait fidéle,
Mais l'amour dans mon cœur vous peint encor plus belle.

SUR LA NAISSANCE DE MONSEIGNEUR LE DAUPHIN.

TRIOLETS.

VOus êtes un préfent des Dieux,
Digne objet des vœux de la France.
Charmant Dauphin, don précieux,
Vous êtes un préfent des Dieux :
Les plaifirs volent en tous lieux
Au moment de votre naiffance.
Vous êtes un préfent des Dieux,
Digne objet des vœux de la France.

La Seine triomphe en ce jour,
Tout rit fur fes rives paifibles.
Chacun fe fignale à fon tour,
La Seine triomphe en ce jour :
Aux jeux, aux plaifirs, à l'amour
Les Vieillards mêmes font fenfibles ;
La Seine triomphe en ce jour,
Tout rit fur fes rives paifibles.

Tout vous aime dès le berceau ;
Quel bonheur eft égal au vôtre !

La Cour, la Ville, le Hameau,
Tout vous aime dès le berceau :
Mais plus votre deſtin eſt beau,
Plus nous ſommes charmez du nôtre ;
Tout vous aime dès le berceau,
Quel bonheur eſt égal au vôtre !

Croiſſez, au gré de tous les vœux,
Puiſſiez-vous vivre au moins vingt luſtres !
Pour être clément, généreux,
Croiſſez, au gré de tous les vœux.
Que de grands Rois ſont vos Ayeux !
Marchez ſur leurs traces illuſtres :
Croiſſez, au gré de tous les vœux,
Puiſſiez-vous vivre au moins vingt luſtres

Par vos vertus, par vos bienfaits,
Imitez votre auguſte Pere,
Soyez l'amour de ſes Sujets,
Par vos vertus, par vos bienfaits,
Ayez, pour combler nos ſouhaits,
La pieté de votre Mere;
Par vos vertus, par vos bienfaits,
Imitez votre auguſte Pere.

Je perce l'obſcur avenir,
Je vous vois tout couvert de gloire ;
Mon cœur ne peut ſe contenir,
Je perce l'obſcur avenir.
Dauphin, que vous allez fournir
De traits brillans pour votre hiſtoire !
Je perce l'obſcur avenir,
Je vous vois tout couvert de gloire.

COUPLET.

Belle Cloris, quand je vous voi,
Au ſilence l'amour m'engage ;
Mes yeux ſeuls vous parlent pour moi,
N'entendez-vous pas leur langage ?

REPONSE.

De leur langage, en ce moment,
Mon cœur éprouve la puiſſance ;
Pour rendre mon deſtin charmant,
Obſervez toujours le ſilence.

BOUQUET.

JEune Cloris, vos tendres charmes
Font les plaiſirs de tous les yeux;
Dans les vôtres brillent les armes
Du plus charmant de tous les Dieux.

Lorſque Venus, du ſein de l'onde
Naquit, plus belle que le jour,
Que n'étiés-vous alors au monde,
Vous ſeriez mere de l'amour.

Mais quoi! déja vous donnez l'être
A ce Dieu maître des vainqueurs,
Vos divins regards le font naître,
Et l'enchaînent dans tous les cœurs.

En ce beau jour ma voix timide
Porte ſes accens juſqu'à vous;
L'amour auprès de vous me guide,
Si je plais mon ſort eſt trop doux.

CHANSON.

DEpuis que j'ai vû vos attraits,
Je ne dors plus, belle Silvie;
Je ne jouis plus de la paix,
Mais mon trouble eſt digne d'envie:
Ah! quand on ſonge à ſes amours,
Qu'il eſt doux de veiller toujours!

LE SAUVAGEON,

FABLE ALLEGORIQUE.

DAns un jardin, où regnoit le Printems,
Environné des richeſſes de Flore,
Un Sauvageon, que nature décore
De ſes dons les plus éclatans,
Sembloit être à couvert des injures du tems.
Son front, couronné de verdure;
Jouiſſoit du ſort le plus doux;
Il ne craignoit aucun jaloux,
Et ne devoit qu'à lui l'éclat de ſa parure.
Le Jardinier, admirant ſa ſtructure,
Fait le projet de le rendre fécond,
Et le plonge auſſitôt en un ennui profond.
Il le greffe en un mot. L'arbre verſe des larmes,

Il

Il croit avoir perdu ſes charmes.
Mais le Printems, pour ſa félicité,
Bientôt ranime la nature.
Le Sauvageon promet du fruit en quantité,
Les fleurs qu'il porte en ſont l'heureux augure;
Dieux! s'écria-t'il tranſporté,
Quelle eſt ma fortune, & ma gloire!
Quel prodige! aurois-je dû croire
Que du chagrin dont j'étois agité,
Naîtroient ma joye & ma fécondité!

Sur un mortel que la vertu dirige
Jupiter tient les yeux ouverts;
Et quand ſon bras puiſſant l'afflige;
C'eſt pour faire briller ſon nom dans l'Univers.
Themis tient en main la balance
Pour que le juſte ſoit heureux:
Les malheurs dont le Ciel l'accable en apparence,
Lui préparent la récompenſe,
Dont il veut couronner ſes travaux généreux.

AUX OYSEAUX.

PEtits Oiſeaux, modéles de ma flâme,
Prenez-tous part à mes charmans plaiſirs;
Le tendre objet qui regne dans mon ame,
Approuve enfin mes amoureux déſirs.

Vous ne vivez que pour aimer ſans ceſſe,
Je ne veux vivre auſſi que pour aimer;
Je m'abandonne à toute ma tendreſſe,
Ah! qu'il eſt doux de ſe laiſſer charmer!

En regardant les beaux yeux de ma belle,
L'Amour vainqueur me lança tous ſes traits;
Il me perça d'une fléche fidele,
Et je fis vœu de ne changer jamais.

Je l'apperçois qui vient ſous ces ombrages:
Quel heureux ſort la guide en ce ſéjour?
Petits Oyſeaux, rédoublez vos ramages,
Ne lui parlez que de mon tendre amour.

A MONSIEUR FAVART.

IL eſt un Auteur en crédit,
De qui la Muſe a l'art de plaire;
Il fit *la Chercheuſe d'eſprit*,
Et n'en chercha pas pour la faire.

BOUQUET

PRéſenter pour Bouquet les riches dons de Flore,
Belle Cloris, à l'objet qu'on adore,

Depuis long-tems l'uſage eſt mis au jour.
Aujourd'hui que c'eſt votre fête,
De fleurs mes mains couronnent votre tête,
Et je me ſens inſpiré par l'Amour.
Non, vous ne devez point ce Bouquet à l'uſage,
Son exiſtence eſt duë à des ſoins plus flatteurs;
Il eſt entierement l'ouvrage
Du plus tendre de tous les cœurs.

DEFINITION.

L'Amour, Cloris, n'eſt autre choſe
Qu'un ſentiment qu'enfante le déſir:
Son regne dure moins que celui de la Roſe,
Et d'ordinaire il meurt dans le ſein du plaiſir.

L'AMOUR, ET PSICHE.

FABLE.

PSiché, ſans connoître l'Amour,
Devint ſa moitié bienheureuſe;
Mais ſon ame, trop curieuſe,
Tenta de le connoître un jour.
Elle craignoit de voir un monſtre épouventable.
A l'éclat d'une lampe, avec étonnement,

Elle apperçoit un jeune homme charmant,
Qui goûtoit un repos aimable.
Sa main fait un vacillement,
Au doux aspect d'un objet qui l'enchante,
D'une goûte d'huile bouillante
Elle réveille son Amant,
Qui, pénétré de sa douleur cuisante,
S'envole dans le Firmament.
Psiché vainement le rappelle,
Il l'abandonne sans retour.
Epouses, sur ce beau modéle,
Craignez dans vos maris d'épouvanter l'Amour;
Vos défauts égalent les nôtres,
Ce n'est que par votre douceur
Que vous parvenez au bonheur
De nous faire oublier les vôtres.

HEBÉ,

CANTATILLE.

HEbé dans ces climats vient fixer son empire;
Les Amours, les plaisirs accompagnent ses pas.
Que dans ces lieux charmans, dit elle, tout soupire,
Tout languit où l'on n'aime pas.

Venez, volez tendre jeunesse,
Suivez les transports de vos cœurs;
Les jeux, les ris, & la tendresse
Vous préparent mille douceurs.

Sous ces agréables feuillages
Accourez, formez des desirs;
Les Rossignols par leurs ramages,
Vous annoncent de doux plaisirs.

Bannissez la Raison, elle est sombre, severe;
N'écoutez point son effrayante voix.
Folâtrer, rire, aimer & plaire,
De l'Empire d'Hebé sont les aimables Loix.

Profitez de votre bel âge,
Le tems s'envole sans retour:
Par le plus charmant badinage
Enchaînez les jeux & l'Amour.

Cherissez les flâmes nouvelles,
Elles n'offrent que des faveurs:
Fuyez les épines cruelles;
Ne cueillez jamais que des fleurs.

REPONSE.

Comment pourrois-je vous déplaire,
Cloris, vous me voyez à chaque instant du jour?
En cachette de votre mere,
Je vous parle souvent de mon ardeur sincere,

En tous lieux je vous fais la cour,
Et vous m'écoutez sans colere.
Vos beaux yeux, d'un air de mystere,
Me font sentir qu'à votre tour
Vous avez pour moi de l'amour ;
Comment pourrois-je vous déplaire ?

CHANSON.

POur nous faire un destin aimable,
A boire bornons nos plaisirs ;
Aux agrémens d'une riante table
Employons nos heureux loisirs.
Faisons couler le jus d'automne,
Que Bacchus regne dans ces lieux :
Le brillant Nectar de la tonne
Met les mortels au rang des Dieux.

LE FLEUVE ET LE RUISSEAU,

FABLE.

A Monseigneur le Duc de Gesvres.

UN Fleuve qui portoit ses eaux
Jusques dans le sein de Neptune,
Par le plus petit des Ruisseaux
Un jour fut supplié d'accroître sa fortune,

Seigneur, lui dit-il tendrement,
Je ſuis ignoré dans le monde,
Mes bords ſéchent à tout moment,
Parlez, & vous allez multiplier mon onde.
Auſſitôt je verrai les fleurs
Parer mes verdoyantes rives,
Et repeter leurs brillantes couleurs
Dans le criſtal de mes eaux fugitives.
Le Fleuve, généreux, humain,
Au ruiſſeau répondit ſoudain :
Je me charge de faire agréer ta requête
Au Souverain des vaſtes mers.
L'humble ruiſſeau ſur le champ ſe fit fête ;
Je vais, dit-il, briller dans l'Univers,
Oui, mon deſtin va faire envie :
Dans le ſein du bonheur s'écoulera ma vie.

ENVOY.

J'Oſe vous faire ſouvenir
Que je ſuis le Ruiſſeau, que vous êtes le Fleuve,
Que vous m'avez promis une éclatante preuve
Du penchant qui vous porte à me faire plaiſir.
Dites un mot, Seigneur, mes ondes vont groſſir.

LE SOUVENIR.

ODE ANACRE'ONTIQUE.

AImables lieux de ma naiſſance ·
Qu'avec plaiſir je vous revoi !
Vous vîtes croître mon enfance ,
Et l'Amour me donner des loix.

C'eſt ſous cet agréable ombrage
Qu'Iris un jour frappa mes yeux ,
Et qu'un doux regard fut le gage
Du plus rare bienfait des Dieux.

J'oſai lui déclarer ma flâme ,
En termes tendres & po lis ;
Ils firent effet ſur ſon ame ,
Un doux ſouris en fut le prix.

Un jour , aſſis ſur la verdure
Qui borde ce ruiſſeau brill ant ,
De ſon ardeur charmante & pure
J'obtins un amoureux préſent.

Sa belle main m'offre une Roſe ,
La plus éclatante des fleurs :
Du Dieu des cœurs la moindre choſe
Procure des pla iſirs flatteurs.

Enchanté de cette largeſſe,
Et pour en payer le bienfait,
Je fis éclatter ma tendreſſe
Par le tranſport le plus parfait.

Auſſitôt, par leurs doux ramages,
Qui réveillerent les échos,
Ma belle reçût les hommages
De tous les amoureux oiſeaux.

Zephire, de ſa douce haleine,
Sçût applaudir à nos deſirs,
Et l'Amour de ſa tendre chaîne
Accourut fixer nos plaiſirs.

Depuis ce jour rempli de charmes,
Où j'ai connu le vrai bonheur,
Mes yeux n'ont point verſé de larmes
Qu'Amour n'en ait eu tout l'honneur.

Souvenir, à jamais aimable,
Mon cœur vous dreſſe des Autels ;
Pour moi ce bien eſt préferable
A tous les tréſors des mortels.

FIN.

APPROBATION.

J'Ai lû par ordre de Monsieur le Lieutenant-Général de Police, un Manuscrit qui a pour titre: *Etrennes & autres Poësies d'une Muse Bretonne.* Et je crois que l'on peut en permettre l'Impression, ce 7. Décembre 1742.

CRE'BILLON.

VEU l'Approbation du Sieur Crébillon, permis d'imprimer. A Paris ce 9. Décembre 1742.

MARVILLE.

www.ingramcontent.com/pod-product-compliance
Ingram Content Group UK Ltd.
Pitfield, Milton Keynes, MK11 3LW, UK
UKHW012113240726
13965UKWH00004B/1733

9 782013 047920